LE TAG

AUQUIER ALISON

ISBN :9798808572966

MERCI A VOUS TOUS ET TOUTES;

Souci : "État de l'esprit qui est absorbé par un objet et que cette préoccupation inquiète ou trouble jusqu'à la souffrance morale."

TABLE DES MATIÈRES

1. LES INQUIÉTUDES

« tentative de s'engager dans la résolution mentale de problèmes dont l'issue est incertaine mais qui contiennent la possibilité d'une ou de plusieurs issues négatives ». Intolérance à l'incertitude : tendance excessive de l'individu à considérer comme inacceptable la possibilité, si minime soit elle, qu'un évènement négatif incertain survienne. Temps moyen quotidien passé à se faire du souci (auto-observation sur deux semaines) :Patients non-TAG : 55 minutes par jour. Patients TAG : 310 minutes par jour.

2. TYPES DE SOUCIS

Soucis de type 1 : concerne un problème réel, actuel ou déjà vécu, et l'anticipation de ses conséquences négatives.

Soucis de type 2 : Il n'existe pas de problème réel. Il s'agit de conséquences négatives envisagées, qui ont une probabilité très faible de se produire, telles que la fin du monde, l'avenir des enfants pour les parents (sans élément rationel le justifiant). Le TAG se déclare en général au début de l'adolescence ou de l'âge adulte, il s'installe en général lentement et progressivement. Souvent on repère une tendance à se faire du souci déjà présente dans l'enfance. Le TAG s'avère encore plus stable que les autres troubles anxieux, il y aurait 25% de rémissions spontanées. Etat de la prise en charge. A ce jour on estime que seulement la moitié des patients consulteront pour un traitement

(habituellement plus de 10 ans après l'apparition des symptômes). Sur ceux qui recherchent un traitement, plus de 50 % ne font l'objet d'aucun

diagnostic car leur condition est masquée par des symptômes somatiques et/ou la comorbidité. De plus le trouble est égo-syntonique, c'est-à-dire que les pensées du patient (inquiétudes et ruminations pathologiques) sont conformes à ses valeurs (par exemple, je m'inquiète pour mon fils parce que je l'aime), ce qui engendre peu de demande directe.

3. DIAGNOSTIC DIFFÉRENTIEL

TAG ou phobie sociale ? Si les inquiétudes concernent exclusivement les situations sociales, le diagnostic sera celui de Trouble Anxiété Sociale.

Un TAG touche plusieurs domaines de vie. S'il y a de nombreux évitements de situations sociales, le TAS peut être un diagnostic additionnel.

TAG ou TOC ?

S'il y a des compulsions présentes et marquées, il s'agit d'un TOC, toutefois 15 à 20 % des patients atteints de TOC ne rapportent pas de compulsion manifeste. Les obsessions, tout comme les inquiétudes, sont des formes d'intrusion cognitive.

4. INFLUENCE DES FACTEURS ENVIRONNEMENTAUX

LE FAIT DE VIVRE UN OU PLUSIEURS ÉVÉNEMENTS NÉGATIFS JUGÉS IMPORTANTS ET INATTENDUS AUGMENTE CONSIDÉRABLEMENT LA

PROBABILITÉ DE

MANIFESTER UN TAG.

LA MAJORITÉ DES

PATIENTS SOUFFRANT DE

TAG ONT VÉCU DES

ÉVÉNEMENTS DE VIE

TRAUMATISANTS.

L'ACCUMULATION DES

RESPONSABILITÉS, LA

NAISSANCE DES ENFANTS,

LES DIFFICULTÉS AU

TRAVAIL, LES PROBLÈMES

DE SANTÉ SONT LES PLUS

FORTEMENT ASSOCIÉS À

L'APPARITION DU

TROUBLE.

LES PATIENTS TAG

RAPPORTENT PLUS DE

PROBLÈMES FAMILIAUX

AU COURS DE L'ENFANCE.

LES PATIENTS TAG

RAPPORTENT PLUS

FRÉQUEMMENT AVOIR

SUBI UN RENVERSEMENT

DES RÔLES
PARENT/ENFANT AU
COURS DE L'ENFANCE.
LES TENSIONS AU SEIN DU
COUPLE CONSTITUENT DE
FORTS PRÉDICTEURS DE
RECHUTE
THÉRAPEUTIQUE, ET
DONC, DE MAINTIEN DU
TAG.
IL EXISTE DIFFÉRENTS
MODÈLES SUR LA CAUSE

ET LE FONCTIONNEMENT
DU TAG, CHACUN VA
NOUS DONNER DES PISTES
SUR LES STRATÉGIES
THÉRAPEUTIQUES À
EMPLOYER EN FONCTION
DE L'ANALYSE
FONTIONNELLE QUE L'ON
FERA AVEC LE
PATIENT.
LE PRINCIPAL POINT
COMMUN DE CES

DIFFÉRENTS MODÈLES EST

:

L'ÉVITEMENT DES

EXPÉRIENCES INTERNES

LIÉES À LA PEUR.

5. LE MODÈLE DE

L'ÉVITEMENT PAR LE

SOUCI

INQUIÉTUDE OU SOUCIS :

« UN ENSEMBLE DE
PENSÉES, D'IMAGES ET DE
DOUTES QUI
S'ENCHAÎNENT, QUI
PORTENT SUR DES
ÉVÉNEMENTS NÉGATIFS
FUTURS ET QUI
S'ACCOMPAGNENT
D'ANXIÉTÉ ».

LES RUMINATIONS ET LES

INQUIÉTUDES ONT LE

MÊME PROCESSUS, MAIS

LES SOUCIS SONT

TOURNÉS VERS LE FUTURS

ET LES RUMINATIONS

VERS LE PASSÉ.

LE MODÈLE DE

L'ÉVITEMENT PAR LE

SOUCI POSTULE QUE, FACE

À LA PEUR, LE SUJET MET

EN PLACE UNE RÉPONSE COGNITIVE « LE SOUCI » QUI INHIBE LES CONSÉQUENCES AVERSIVES LIÉES À LA PEUR. LES SOUCIS ENGENDRENT UNE ACTIVITÉ MENTALE VERBALE QUI VA INHIBER LES IMAGES, LES SYMPTÔMES SOMATIQUES ET

L'ACTIVATION ÉMOTIONNELLE DES INDIVIDUS. DES RECHERCHES ONT MIS EN ÉVIDENCE QUE LE FAIT DE SE FAIRE DU SOUCI DIMINUAIT L'ÉTAT D'ACTIVATION PHYSIOLOGIQUE AU REPOS ET APRÈS UNE EXPOSITION À DES STIMULI ANXIOGÈNES.

AINSI, EN LIMITANT LA CONFRONTATION AUX SENSATIONS SOMATIQUES ET À L'EXPÉRIENCE ÉMOTIONNELLE ASSOCIÉES À LA PEUR, LE SOUCI EMPÊCHERAIT QUE LES PROCESSUS D'HABITUATION ET D'EXTINCTION SE METTENT EN PLACE.

LE SOUCI S'INSCRIT DONC DANS UN PROCESSUS DE RENFORCEMENT NÉGATIF CE QUI EXPLIQUE POURQUOI IL VA SE MAINTENIR. LE SOUCI EST ÉGALEMENT RENFORCÉ PAR LES CROYANCES POSITIVES QUE L'INDIVIDU A À SON SUJET.

6. LE MODÈLE BASÉ SUR L'ACCEPTATION

Les concepteurs de l'ABM suggèrent que les personnes avec TAG ont des réactions négatives à leurs propres expériences internes et sont motivées à essayer de les éviter, ce qu'ils font à la fois d'un point de vue comportemental et cognitif (avec un engagement répété dans le processus d'inquiétude).

Les différents processus du cercle vicieux :
Réagir négativement aux expériences internes (pensées, émotions, sensations) : cela implique des pensées négatives

(jugement des réponses émotionnelles comme extrêmes ou non désirables) ou des méta-émotions (la peur de la peur) qui peut arriver quand une personne a une expérience interne. Ces individus éprouvent des difficultés à monitorer, accepter et interpréter les émotions.

La fusion avec les expériences internes : c'est une croyance que ces réactions négatives transitoires aux expériences internes sont permanentes et définissent une caractéristique stable de la personne.

L'évitement d'expériences : l'évitement actif et/ou l'évitement automatique des expériences internes perçues comme négatives ou menaçantes. Les exemples incluent l'inquiétude au sujet du futur ou de sujets mineurs pour éviter des préoccupations plus importantes.

La restriction comportementale : c'est l'implication réduite dans des activités qui ont du sens pour l'individu (ex : passer du temps avec sa famille). Cette restriction se développe quand la personne évite déjà beaucoup ses expériences internes. Ils généralisent souvent cet évitement à d'autres activités qui ont du sens dans leur vie comme passer du temps avec leur famille. Une conséquence de la restriction peut être la réduction de l'attention au moment présent, ce qui limite leur conscience lors des moments importants et plaisants. En conséquence, cela augmente la détresse, ce qui déclenche plus d'expériences internes négatives, alimentant le cercle vicieux.

Bien que ce cercle vicieux puisse commencer par une menace externe perçue, il peut également débuter par une expérience interne seule. Une fois le processus amorcé, les expériences internes jouent un rôle plus important dans son maintien.

7. PRISE EN CHARGE

Quelle que soit le modèle

privilégié pour la prise en

charge thérapeutique à
l'issue de l'analyse
fonctionnelle, on va
retrouver les éléments
suivants :
Psychoéducation au sujet
du trouble
Pratique de l'auto-
enregistrement
Entraînement du patient à
faire face à ses

expériences émotionnelles

internes

Selon l'analyse

fonctionnelle :

Si le patient semble

particulièrement en

difficulté par rapport à

l'incertitude, on va ajouter

un travail cognitif pour lui

permettre de modifier ses

habitudes

comportementales (casser

les routines, développer la spontanéité).

Si le patient semble particulièrement en difficulté par rapport à la régulation des émotions, on va développer avec lui des stratégies émotionnelles et comportementales.

Techniques employées :

Restructuration cognitive (remise en question des pensées automatiques négatives et des scénarios catastrophes).

Résolution de problèmes.

Exposition en imagination aux scénarios redoutés.

Exercices de tolérance à l'incertitude.

Techniques de relaxation.

Aide à la mise en place d'une hygiène de vie réduisant le stress et augmentant le bien-être.

8. LES TROUBLES DU SOMMEIL

l'insomnie est le trouble du

sommeil le plus fréquent

avec

39 % des femmes qui sont

concernées et 29 % des

hommes.

Une personne sur cinq

déclarant des troubles du

sommeil présente une

insomnie chronique

accompagnée d'un

retentissement diurne (fatigue ou somnolence excessive), avec une prévalence plus forte chez les femmes (22 %) que chez les hommes (15 %). Le risque d'insomnie chronique avec retentissement fonctionnel est majoré chez les personnes travaillant en rythme décalé (3x8, travail *de nuit...) et chez les individus plus précaires socialement.*

Profils psychologiques prédisposés

Il existe des profils psychologique prédisposant à des troubles du sommeil, notamment :

les personnes ayant des

traits de personnalité

sujets à la rumination, au

stress / anxiété ou à la

dysthymie ;

les personnalités

perfectionnistes ;

les personnes ayant une

faible estime de soi ou une

mauvaise affirmation de

soi.

9. DIAGNOSTIC

Les critères majeurs pour définir l'insomnie sont subjectifs :

- Le sommeil est perçu comme :

une difficulté à s'endormir (insomnie d'endormissement), difficile à maintenir (insomnie de maintien), non récupérateur, réveil trop précoce (insomnie matinale).

- Elle est à l'origine d'une souffrance marquée et d'une altération du fonctionnement social ou professionnel.

- La plainte doit porter sur au moins 3 nuits par semaine :

pendant 1 mois, on parlera alors d'insomnie transitoire aiguë,

jusque 3 mois, on parlera alors d'insomnie sub-chronique,

> 3 mois, on parlera alors d'insomnie chronique.

- Les symptômes ne doivent pas s'expliquer mieux que par une pathologie autre que l'insomnie.

Types d'insomnie

Selon le moment

On parle d'insomnie d'endormissement lorsque la personne met plus de 30 mins à s'endormir après avoir éteint la lumière.

On parle d'insomnie de maintien lorsque l'efficacité du sommeil est inférieure à 85 % (la norme est autour de 90-92 %).

Efficacité du sommeil = temps total du sommeil (TTS) / Temps passé au lit (TPL) * 100.

On parle de réveil trop précoce lorsqu'il survient 30 mins avant l'heure désirée et que TTS < 6h30.

10. ACCEPTATION DE SOI

LA CONFIANCE EN SOI EST UN ÉTAT DANS LEQUEL NOUS NOUS SENTONS BIEN DANS NOTRE PEAU.

C'EST L'ART DE

S'ACCEPTER SOI-MÊME,

DANS TOUT NOTRE

ENSEMBLE, AVEC TOUTES

NOS IMPERFECTIONS.

C'EST AUSSI L'AUTO-

SOUTIEN ET LA

RECONNAISSANCE DE QUI

NOUS SOMMES. C'EST

L'UNE DES TÂCHES LES

PLUS IMPORTANTES DANS

LA RÉALISATION DE SOI

OU DU DÉVELOPPEMENT
PERSONNEL.
À MON SENS, IL N'EXISTE
AUCUNE DÉFINITION
UNIVOQUE DE LA
CONFIANCE EN SOI. AUSSI,
JE VOUS PROPOSE
D'EXPLORER CI-DESSOUS 4
DE SES PRINCIPAUX
PILIERS QUI, SELON MOI,
LA DÉFINISSENT D'UNE

MANIÈRE COMPLÈTE ET
EXHAUSTIVE :

1. SE SENTIR BIEN DANS SA
PEAU (NON SEULEMENT
SUR LE PLAN PHYSIQUE,
MAIS DANS SA GLOBALITÉ,
ÊTRE À L'AISE DANS SON
MOI). DIT AUTREMENT,
AVOIR UN REGARD
POSITIF SUR SOI, S'AIMER,
AVOIR UNE RELATION
SAINE AVEC SOI-MÊME.

2. SE TRAITER COMME
UNE PERSONNE DE
VALEUR (CE QUI EST LA
BASE DE L'ESTIME DE SOI).
AVOIR CONSCIENCE DE SES
QUALITÉS ET DE SES
TALENTS. LES APPRÉCIER,
S'EN RÉJOUIR, ET EN
PARLER AISÉMENT SANS
LA FAUSSE HUMILITÉ.
3. BIENVEILLANCE ENVERS
SOI. LA CAPACITÉ DE

PARDONNER SES ERREURS. ACCEPTER SES DÉFAUTS ET SES IMPERFECTIONS (AVOIR CONSCIENCE QUE CHACUN DE NOUS LES A EN SOI).

4. LA CAPACITÉ À AGIR EN DÉPIT DE LA PEUR ET DES DOUTES QUI DEMEURENT EN NOUS. LA CAPACITÉ D'ALLER AU-DELÀ DE SA ZONE DE CONFORT. LA

CAPACITÉ DE FAIRE FACE

AUX DÉFIS DE LA VIE

QUOTIDIENNE.

BIEN SÛR, JE POURRAIS

ENCORE AJOUTER

QUELQUES ÉLÉMENTS DE

PLUS, COMME PAR

EXEMPLE : ÊTRE NATUREL

ET SIMPLE,

L'AUTHENTICITÉ DANS UN

GROUPE DE PERSONNES,

ETC. CEPENDANT, PAR EXPÉRIENCE, J'AI REMARQUÉ QUE LA PLUPART DU TEMPS CELA ARRIVE « TOUT SEUL », SPONTANÉMENT, DÈS QUE LES 4 CONDITIONS DÉCRITES PLUS HAUT SONT REMPLIES.

À LA NOTION DE LA CONFIANCE EN SOI SONT

DIRECTEMENT LIÉES LES

NOTIONS D'ESTIME DE SOI

ET D'ACCEPTATION DE SOI.

REGARDONS, EN QUOI

CONSISTE CHACUN D'EUX.

A PROPOSE DE MOI MEME

JE PEUT VOUS DIRE QUE JE

SUIS JEUNE MAMAN DE

QUATRES   PETITES

MERVEILLES ET CE N'ES

PAS FACILE TOUT LES

JOURS . APPRENEZ A

VIVRE AVEC COMME JE LE

FAIS DEPUIS DEUX ANS ET

NE VOUS OCCUPEZ PAS DU

REGARD D'AUTRUI.

www.ingramcontent.com/pod-product-compliance
Lightning Source LLC
Chambersburg PA
CBHW021357160726
47994CB00007B/2988